청자의 비상

따시최된 이순이

국학자료원

청 자 의 비 상

| 초판 1쇄 인쇄일 | 2012년 11월 1일 |
| 초판 1쇄 발행일 | 2012년 11월 2일 |

지은이	이순이
펴낸이	정구형
출판이사	김성달
편집이사	박지연
책임편집	정유진
편집/디자인	이하나 이원숙
마케팅	정찬용
영업관리	한미애 권준기 천수정 심소영
인쇄처	미래프린팅
펴낸곳	**국학자료원**

등록일 2006 11 02 제2007-12호
서울시 강동구 성내동 447-11 현영빌딩 2층
Tel 442-4623 Fax 442-4625
www.kookhak.co.kr
kookhak2001@hanmail.net

| ISBN | 978-89-279-0200-3 *03800 |
| 가격 | 20,000원 |

청
자
의

비
상

　부처님께서는 팔만사천 가지 법문을 설하시고도 한마디도
설한 바가 없다고 하셨다. 이 세상에 존재하는 무수한 언어
들……. 누군가가 다 썼던 시어들을 내 것이라고 내세우기에
는 부끄러움이 앞선다. 다만, 이 시를 쓰는 동안 너무나 행복
했었다는 말은 자신 있게 할 수 있을 것 같다. 인생이란 무엇
인가? 나는 누구인가? 생의 문제를 항상 숙제처럼 안고 그리
워만 할 때 시를 만났다. 시는 내게 스승이었고 또한 화두였
다. 생을 관조하게 했으며 깨달음으로 가는 길을 조금씩 열어
주었다. 삶의 수많은 고민과 번뇌를 끊어내고 엉킨 실타래 풀
듯 시는 내게 열반의 희열을 선사하곤 했다. 그렇게 내 영혼
과 자연이 하나가 될 때 온 몸에 생기가 돌았다. 도자기로 평
생을 산 남편이 도자기와 합일을 이룰 때가 가장 행복하다고
하던 이야기를 시를 쓰면서 이해가 됐다. 어린아이와 같이 서

툴던 나의 시작을 하나하나 지도해주신 채수영 교수님께 깊이 감사드리며 이 시집으로 인연된 모든 분들이 건강하며 행복하기를 두 손 모아 기도한다.

2012년 9월에
따시최된 이순이 두 손 모음

목 차

비상의 나래를 펴고 — 고苦

인연의 뜨락을 거닐며 — 집集

황금들녘에 퍼지는 영혼의 노래 — 멸滅

적멸의 밤 피안의 강을 건너 — 도道

꽃 맞춤 향기로

봄 속으로 걸어가니

백만 송이 매화

황금빛 몸

천릿길도 한걸음에

여명

그리움 알알이

흰 별꽃 노란산수유

꽃망울 터지는 소리

봄비 스며들어 촉촉

보고픈 조바심

노오란 꽃다지 사랑

눈부신 태양

비상의 나래를 펴고

봄이 보이네

두근두근 붉어진

苦

고

자 연 의 예 술

수많은
풍상을 겪고

숲속 솔바람소리
잠자던 돌덩이

다람쥐들의 놀이터
초록 잎사귀

빛이 되고파
견뎌내는
산고의 시간들

청자의 비상

황금빛 몸
곱게 뉘이고

넋까지 불살라
푸른 재 이불 덮었나

봄 아지랑이
피어 오르는 길목에서
바람소리 들리는 숲

나래로 비상하는
학 한마리
비색청자

The Soaring Of Celadon

Golden body

Finely lay down

Even Soul burned

Blue ash cover it with bedclothes

Spring haze

At the cross roads of the steaming

Hear the sound of the wind from the forest

Soaring with wings

A red— crowned crane

In celadon

작은 풀꽃들

언덕 산허리에
걸터앉은
햇살

흰 별꽃 노란산수유
몸을 달구는
봄바람

아무도 보아주지 않는
저마다 풀꽃들

있어야 할 곳
오순도순 정다운데

봄마중
나들이에 밟히어도

허 허

그 너그러움
언제쯤이면

수선화

보고픈 조바심
사알짝
녹은 땅
가만히 파보니

눈도 못 뜬 아가
뾰족한 입
어머나,
추워라
아직은 이른데,

두근두근
봄은
이미 왔건만
배우라 하네
기다림을……

4월은

흐렸다 개였다
비바람 천둥번개

소스라쳐 놀라고
황사바람 겁나서

웅크리다
봄 햇살에 문 열었네

꽃망울 터지는 소리
앙증맞은 제비꽃

노오란 민들레
봄 속으로 걸어가니

모두 다 살았노라

재잘 재잘

기다림의 꽃
— 딸아이 신혼 여행을 보내고

기다림으로
얼었던 마음

봄 마중
원앙 한 쌍

달려 온
백만 송이 매화

노곤한 오후
향기에 취해

고향 지키던 고목
움트는 꽃 눈

해뜰 때는

영롱함으로
눈부시네

겨울이 햇살을
뚫고 들어와

파랗게
하늘 문 열고

차디찬
가슴속

눈부신 태양
품으니

사랑은

시간을 불태워

세상 밝히는
빛이 되네

매화 차

보고 싶은 마음에
너무 빨리 왔나보다
겨울꼬리 꽃샘바람
흰 눈은 내리는데

다급한 봄 마중
갈증 달래주느라
송이송이
꽃망울 터트린
매화

섬진강 먹은 차
한 잔 속
꽃 맞춤 향기로
마주한 나의
임

갈 등

허전한
그리움

산해진미로도
채울 수 없고

푸른 신록차
수없이 우려 마셔도
다가오는 갈증

나만의 향기는
어디로 가고

두근두근 붉어진
얼굴
추억 여행만 다니네

초여름의 노래

날~ 좀 보소
날 ~좀 보소
싱그러움의 세레나데

저마다
키재기하는
아가들

깔깔 호호
재잘거림
함박꽃

실눈 뜨고
피식 웃는
우울증 고목

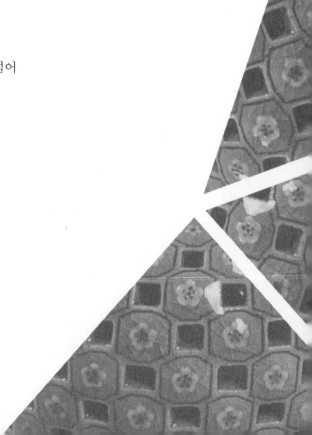

봄이 오는 소리

벌거벗어
오돌오돌 떨면서

꽃피울
일념

휘감고
우는
바람을 넘어

오소서
오소서

봄 찾는 마음

두꺼운 껍질로
기다리는 꽃몽오리
한 아름 안고
봄 찾아 가는 길

초록 파도로
일렁이는 청보리
도란도란
나물 캐는 아낙들
저 만치서 손짓하는
봄이 보이네
꿈들이 보이네

아쉬움
두리번 두리번

엄마~

부르는 소리에

매화 꽃망울

톡 톡 톡

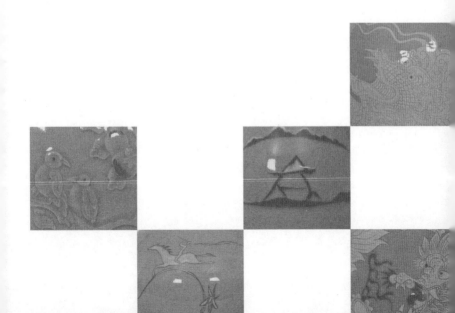

새 벽 별

기다림
재촉하는
여명

나는 너의 빛으로
너는 나의 빛으로

밤하늘 수놓은
뜨거운 사랑

구름을 벗어난
초승달

못 본 체
딴청 피울 때

큰 별 되어
세상 밝히리

봄날은

햇살
사 ~알 ~짝

화들짝
놀란 얼굴들

어디에
숨을까?

혼비백산
뛰어 다니네

명절 증후군

회색 물든
얼룩들

지워졌을까?
얼마만큼……

밤새 내린
하얀 눈

들키고 싶지 않은 흔적
모두 감추고

반짝 반짝
은빛 눈꽃 피었으면

연 화

진흙 속에서
살아난
보살 같은
개구리
연잎위에
앉아
합장을 한다

사 랑

도리도리
짝짜꿍

곤지곤지
잼 잼

날마다 크고 싶은
내 안의 사랑

얼마만큼
얼마만큼

솔바람 차

한 모금
머물렀다가는
바람
재잘거리는
새소리

솔향기에
취한 영혼
바람으로
흔들리네

초여름

연두빛
봄을
넘어버린
뜰앞의 소나무

송화꽃
노오란 얼굴
실바람에
뒤돌아보는데

초여름
소쩍새 소리
봄날은
그렇게 갔네

9월 풍경

열정 식을까 걱정되어

울다가
목이 쉰 매미

산중턱
마중 나온 먹구름
소낙비로 우는데

새 무대 준비하는
가을 하늘

코스모스 향연에
빠끔히 웃고 있다

4월의 바람

만물이 화합하여
꽃망울 터트리는데

시샘 많은 정령들이
춤추며 잔치 잔치

새싹이 움트는 소리에
뒤돌아 뛰어서 가네

봄소식

날마다 그리운 임
한시도 잊지 못해

천릿길도 한걸음에
달려 갈 텐데

계신 곳 봄바람에
소식 전해왔으면

분꽃씨를 심으며

그리움 알알이
흑진주로 영글어

기다림 곱게 접어
마음 밭에 심었네

꽃향기 오시는 날에
방긋 웃어 마중하리

씨 앗

봄비 스며들어 촉촉촉
가만히 귀 기울이면

씨앗들 움트는 소리
톡 톡 톡 들려오네

내안의 자비심 씨앗
거친 땅 비집고 있겠지

손녀딸

손수건
얼굴 가리며
할머니
재롱놀이

웃음 꽃
까꿍 까꿍
올 때는
두고 올 걸

가슴에
품고 오니
그리움
방안 가득

봄

달려온 봄바람이
속살로 내게 안겨

노오란 꽃다지 사랑
수줍게 피었는데

님보러 오실 때에는
가만히 몰래 오라하네

낭만을 찾아

분홍 꿈 안겨주던
그대 너무 그리워라

스치는 바람에게
소식을 물어보니

언제나 함께 했다며
갸우뚱
갸우뚱

바람만 울고 갔네

사르르

수평선 되었네

행복했노라 속삭이네

은빛 억새 스며들 때

입맞춤

어찌나요

내 곁에

어루만지고

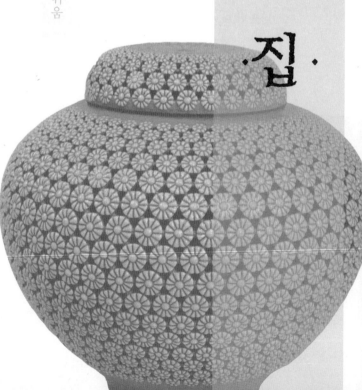

인연의 뜨락을 거닐며 集

집·

그대

수줍은 얼굴

콕 콕

못 다한 아쉬움

품속 열어

중심의 미학

— 성형

보드라운 살결
어루만지고
애무하더라도

그대
중심을 잡으면

뒤틀린 마음
거울 되어 비춰줍니다

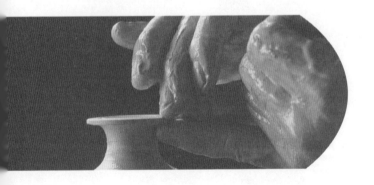

바람 1
— 몽골에서

허허 초원
바람이 말을 걸어옵니다
힘들고 피곤하더라도
기댈 데라고는 없는
작은 풀꽃들을 보라고
귀띔을 합니다
흔들릴 때마다 향기로
맑음을 만들며
푸른 그리움일랑
가만히 내버려두라 하는데
어쩌나요
휩쓸려 흔들리고 싶은 것을

소나무 1
— 뜰 앞에 옮겨 심은 소나무를 보며

언제라도
살가운 웃음으로
쉬었다가는 바람에게
내주어야 하는데

어찌하여
내 품에 살아온 식솔
무거움이라 느껴질까?

방황하는 모습
들킬세라
쓴웃음

콕 콕
찌르는 비명

덕지덕지

솔방울들

우르르

쏟아지네

숲길에서

— 경주 남산에서

초록 물결
지나가는 바람 숲
한그루 나무로
초대하기에 가보았네

울창한 초목사이
어울려 살며
시기질투 일어날 때는
계곡 부딪치는 물에
흘려보내고
그대 있어
행복했노라 속삭이네

In The Forest Roads

— KeungJoo Namsan

Green waves

Passing wind woods

A sudden tree

Invited me

Through the dense forest

Mingle live

When happen jealousy

Slip away

Bumping into the water

To the valley

And I whisper

I was happy

Because of you

동백꽃

머언 길
추운데 오느라
얼마나 애쓰셨나

새색시
빠알간 치마
노오란 저고리

오래 오래

머물게 하고 싶었는데

영원으로 사는 사랑
남기려 오셨는가

첫눈

수줍은 얼굴
터질듯
기쁜 마음
반가워
안으려하니

주춤주춤
달아나며
하는 말

가슴
뛰는 날, 다시
만나자 하네

국화꽃 필 때에

얼마나 비워야
해맑을까, 저리도

수줍은
노오란 국화꽃

한 마리 나비
뜨거운
입맞춤

푸른 바람 따라
멀리 갔으면

겨울비

사오락
사오락
낙엽 적시는 소리

마른 가슴
촉촉해질 때까지
퍼붓는 사랑

가기엔
떠나기엔
못 다한 아쉬움

해저문 들녘
손짓하는 겨울
눈물만 흘리네

전 화

잠시만 떨어져도
안절부절

그대가 나이고
내가 그대

곁에
있거나 없거나

목마른 미지의
기다림

안 개 길

느리고 더디게
머물렀던 새벽안개

사랑에 뜨거워
벗어버린 알몸

풍경을 앞세워
서 있네

품속 열어
길 보여주기에

뒤도 돌아보지
말라했네

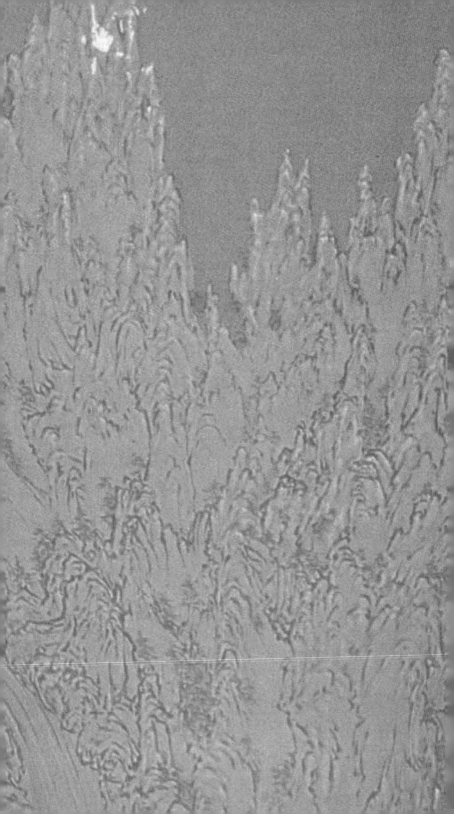

늦 더 위

궂은 비
훼방 놀음에
못 다한 사랑

한꺼번에
쏟아낸
불타는 마음

뜨거운
눈길
피할 길 없어

벌겋게
익어간 얼굴
걱정이 되어

풀 버레
밤새도록
울음에 젖네

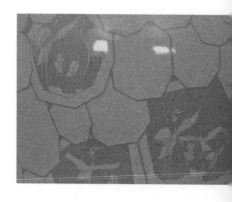

장맛비

목마름에
지친 영혼들
적셔주는
마음 모였네

넘치는 기쁨
지나친 사랑

안고 뒹굴며
휘몰아치는
강물

어쩌면 좋을까
치우침이
내 모습 같네

바 다

끊임없는 몸짓

부서져
수평선 되었네

허기져
밤새도록

수 없이
나투워도

보지 못한
얼굴

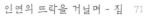

찔레꽃

사랑 얻고파
한아름
하이얀 미소
초록 향기로
웃고 사네

꼭 꼭
가슴에
숨겨 논 가시는
어찌하면
좋을까

화내는 마음

살짝 건드려도
와르르
가두어 놓은
봇물이 터져버렸네

논둑 관리 못하여
으르렁
남 탓할 때
바람만 울고 갔네

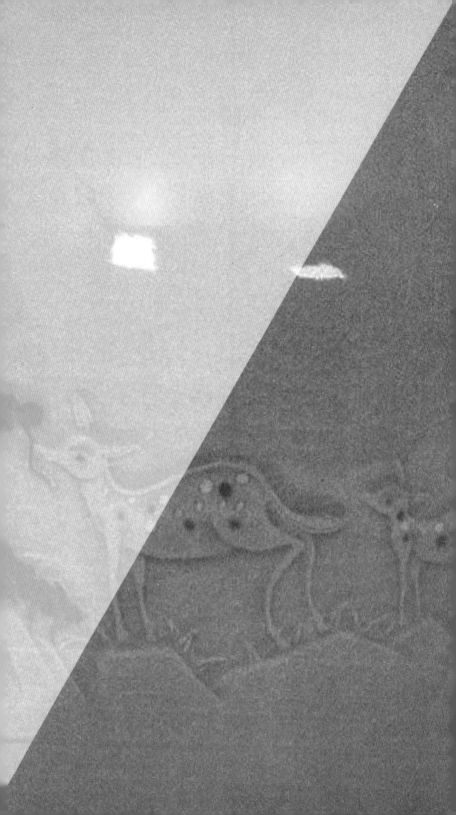

고 비 사 막

뼛속까지
흐르는 빗물

흠뻑 먹고도
목말라 하는

받을 줄만 알고
나눌 줄 모르는 無智

어찌하나
그 형벌을

장맛비가 내리던 날

처마밑
파르르
떨고 있는
잠자리 한 마리

시시탐탐
그물망 쳐놓고
기다리는 거미

어느 순간
걸려들지
모르는 절박

애처로워
일러주려면

어디에

어디에

물어야 할까

낙 엽

기인
입맞춤
붉어진 얼굴

연둣빛
기다림에
사르르
옷 벗었네

색동이불
· · ·
생각만 해도
두근두근

소나무 2

별 달빛
설레이던
오솔길 솔숲

젖은 안개
무서리
움츠리는데

발밝은 햇살
기다림
멍울졌던 마음

은빛 억새 스며들 때
솔잎 끝에
옥구슬로 반짝인다

라 일 락

향긋 달콤
부르는 소리

머어언 옛적
내 안에 머물렀던
그대의 향기

참을 수 없는
그리움

떠날 수 없어
머뭇머뭇
빙 빙

탱자 울타리

수줍은
사랑으로

촘촘히 얽어맨
울타리

하얀 꽃
향기는

어찌하여
벌 나비
넘보게 하는가

가뭄

숨이 멎을 것 같아
지나는 바람에게
하소연해봐도

못 들은 척
딴청 부리는
그대

얼마만큼
더 기다리면

애타는 목마름
하늘 문 열릴까

흔적

여기를
찾아보아도
저기를
보아도

없는데,
상처 난 곳
쓰라려 아픈
가슴에

구름이
지나간 자리
햇살이
눈부시다

더부살이 가시 풀

영산홍 꽃망울
터질듯 번져 가는데

숨긴 몸 들킬세라
풀 속에서 웃었지만

아자차 어찌하랴
그대를 보고 말았네

그대를 못 보았더라면
갈퀴손 뻗어 뻗어

휘감아 세상사
주인공 되었겠지

마음속 번뇌 같아

그냥 둘 수 없었다네

원 추 리 꽃

토라진
그대를
어떻게 달랠까

찔레꽃 필 때에는
보채지
말라더니

장맛비 다녀간 사이
열매 안고
딴청 부리네

아 귀 옷

하늬 바람 부채질
아귀 옷 갈아입고

눈 깜짝 할 사이에
타오른 불꽃처럼

내 안의 맑은 샘물이
마를까 걱정이네

바람 2

어떤 날
너무 미워
만나기도
싫었는데

가슴 뜨거워
지친 날엔
춤추며
살랑 살랑

언제고
그대에게
흔들리는
내 마음

새털구름 타고

별들의 속삭임에

긴 목의 하얀 꽃무리

딤 남은 사랑

꿈에도 그리던

달빛 삼킨

물무지개 한 움큼

작은 섬

몸 사르는 석양

서성이겠지

한송이

바치는 하늘 꽃

발그레 웃는 산나리

푸른 밤

연분홍 그리움

나는 답도 모른 채

황금들녘에 퍼지는 영혼의 노래

滅

·멸·

느림의 미학
― 조각

한송이
한송이

피었다지면 또
피우는 일념

세월이 달아나도
우주를
담고 싶은 욕망

기다림으로
아른거리는

영혼의 합일
마음의 꽃

눈이 오는 날은

첫사랑 설레임처럼
그냥
그립다

별빛의 전송을 받으며
맑은 미소로 와서

비우고 서있는 나목들에게
바치는 하늘 꽃

새벽길
아무도 밟지 않은,

향기 있는 사람과
순백의 마음이 될 때까지
무작정 걷고 싶다

폭포

물살에 젖은
속살 내~음

그리워
만나러 갔더니

반가움에 하는 말

三毒心 벗어주면
끌어안고 부서져
뛰어 내리겠다 하는데……

물무지개 한 움큼
또르르 구르며
계곡물에 몸을 섞네

숲 길

알고도 모른 척
허리 굽은 노송들

햇살에 얼굴 내밀어
키재기하는 자식들

숲 향기에 물든
숨어있던 욕망

부질없어라
고백을 하니

외로운 얼굴로
발그레 웃는 산나리

데려가려다 잊을 뻔 했네

비우러 온 마음

영 춘 화 (迎春化)

덜 깬 겨울잠으로
울타리 넘어간
노오란 꽃
얼마나 추웠을까? 눈보라에

남보다 먼저 오느라
향기도 없이
전령사로 왔건만

아직도
꿈속에서
헤매는 어른거림

언제쯤
알아차리고
꽃 피우려나

봄눈

그리움
알게 하느라
밤새 그렇게 울며울며 왔는가
그대
늦은 설산을 만드느라 분주할 때
산허리 나무들은
파르르 떨며
울고 있습니다 그런데
같은 순간인데도
냇가 버드나무들은
신바람 난 얼굴로
벙글거리며 춤을 춥니다
당신은 무상을 설說했다며
시치미를 떼고
나는 답도 모른 채
먼 허공만 바라봅니다

해 넘 이

— 태국 푸켓에서

야자수잎
간질이는
산들바람

두둥실
나그네 훔쳐보는
뭉게구름

또 다른
시작을 위하여
몸 사르는 석양

아름다운 길
장엄하게
떠나가고 있네

가 는 세 월

한 치 앞도
안 보였던
자욱한 안개길
산 지나 다시
언덕을 넘을 때면
보이는 길은 항상
앞에 있었네

절망을 헤치고 나온
한 줌 햇살이
환한 가슴으로
다가올 때면
내 앞을 달려가는
자동차 한 대의
속력은 무슨 의미를
싣고 가는 걸까

가을비

김장배추
서로 감싸
정을 나누는데
늦게 핀
수련
두 송이
촉
촉
촉
가을비

누가 보든 말든
기쁨을
노래하네

은행나무

가을 안고 온
하늘의
헌화

비우고
또
비워서

빈 몸으로
웃는
그대

부부

봄눈
녹아내린
연분홍 그리움

자욱한 안개
빈 들녘
연두빛 새싹

타들어가는 목마름
하늘을 가르는
천둥 번개

여울목에
부서져
흘러가는 강물

비우고
비워서
하나 되는
푸른 바다

마음의 호수

가없이
출렁거리는
작은 나룻배

달빛 삼킨
호수에
몸을 맡겼네

새벽안개
햇살에
녹을 때면

연꽃 피어있는
그곳에
다다르겠지

The Lake Of The Heart

Boundless

Sloshing

Small ferry

Moon light was swallowed

On the lake

A resigned Body

Dawn mist

Melting

In the sun

Will be there

In full bloom

Lotus flower

가을 달빛

소나무 사이
보름달

추억을
파랗게 물들이고

한 걸음 한 걸음
그림자

구름 속 거닐어
바위틈에 숨으면

가던 길 멈추고
서성이겠지

호박

언덕너머
우거진 숲

가시덤불 헤치면서
그리움으로
키운 세월

어둠을 헤집고
담 넘은 사랑

노오란 함박웃음
달덩일 안고
달려온
그대

섬

밀려갔다
밀려오는
삶을 뒤척이네

가득하되
넘치지 않는

바다를 닮고 싶은
내 안에
작은 섬

밝아올
여명을 기다리네

상 사 화

바위서리 잔설에
숨어진 첫사랑

다투어 봄 꽃 필 때
엿보며 넘실넘실

소쩍새 짝 찾을 무렵
애타서 녹은 가슴

날마다 기다린다는
별들의 속삭임에

연분홍 사랑 담고
한달음에 왔건만

본래로 한 몸이거늘
낯설어 슬픔이네

꿈

달빛
푸른 밤
솔바람 맑은 노래
풍경 울리는
암자

내 뜻
아는 이와
새벽이슬
반짝일 때까지
지새우리
지새우리

암자의 종소리

다가가면
멀어지고
멀어지다
다가오는
그리움의 향기

갈 길 몰라
헤매이던
내 작은
영혼

간절한 울림
따라가면
꿈에도 그리던
그곳일까

배롱나무

— 통영에서

가면 어떻고
오면 어떻소

가로수로 사는 삶인데
아무도 모르게
거듭 거듭 피어나

분홍빛 사랑
백일만 피진 않으리오

영원을 사는
마음의 꽃으로……

하늘

— 몽골에서

행여 만날까하여
초원에 누워
무작정 바라보았네

지지직
천둥번개 울더니
무지개로 웃고

고요한 바다
이글거리는 햇살

흩어졌다 모이는
구름놀이
세상을 비추는 거울

아무리 찾아도

안 보이는 얼굴

별빛으로 오시려나

푸른 달빛

주인 없는 달빛
오케스트라 풀버레
수런거림 산천초목

어정어정
놀러 온 푸른 달빛

솔향기 한 아름
흐름에 맡기는 뜨거운
몸부림

할미꽃

솜털이 보송보송
고개도 못 들고

수줍어 붉어진 얼굴
배시시 웃으면

할미라 부를 것 같아
바위틈에 숨었네

냉이꽃

햇살이 모이는 곳
긴 목의 하얀 꽃무리

발자욱 소리에
귀 기울인 나날들

저 홀로 피었다 지기를
몇몇 해나 했을까

영산홍 사랑

꽃 분홍 꿈 키울 때
시련도 많더니

먼저 핀 싸리 꽃
담 넘어 기웃 기웃

드디어 말문 열었네
내 사랑 받아주오

알 밤

가시 박힌 얼굴로
黙言의 여름

별빛들의 축제
귀뚜라미 노래

터질듯 부푼
가슴

투드득
화두가 터졌나보다

노을

그대를
만나기가
아직은 이른데

새털구름 타고
눈웃음
얼굴 내미네

못 본체 하고
싶은데
어디에 어떻게
숨을까

호수

한 줄기
바람에도
흔들거리는
물결

하늘의 구름도
달도
비추며
넓은 체 하네

한시도
잊지 못한 그대
언제고
만나게 해주겠지

검붉은 울음으로

시인의 영혼을 노래했네

영혼을 재우는 빛깔

꽃 피는 극락정토

벌
나
비

눈멀고 귀먹은

천년의 혼을 빚던

눈맞춤하는

영혼을 흔드는 바람

억겁의 인연을

쪽빛 바다

적멸의 밤 피안의 강을 건너 道

달빛 속 하얀 눈꽃

연꽃

·도·

하늘 눈꽃은

흙의 변신

억겁의 인연을
기다리다

갈라지고 바스라진
한 줌 흙

생명들의 살과 뼈
녹아서 물든 영혼

전생의 연인과
운명적인 만남

새 생명으로
청자가 되었네

꿈

— 몽골에서

한마당
꿈을 꾸었네

너른 초원
하늘을 날아다니고

먹구름에
울기도 많이 했지만

뜨거운 태양
영혼을 흔드는 바람

내 안의 먼지

산산이 부서져
날아가 버렸네

마음의 고향

꿈속에서라도
가보고 싶은 곳

선잠에서도
꿈을 꾸는 곳

그곳이
전생의 고향이던가

새 색시 적
친정 그리워하듯

자꾸만
달려가고 싶은 곳

마음의 고향

히말라야어……

흙에서 빛으로

불꽃소리
타다닥
새벽에
고요를 깬다

검은 그을음 벗긴
광란의 불꽃이
여명의 태양빛으로

달빛 속 하얀 눈꽃
오로라 되어
의연히 선정에 드니

흙에서 빛으로
영원을 사는 도자기로 변신한다

In Soil To The Light

Fireworks sound

Tadadak

At dawn

Stillness breaks

Black soot stripped

Frenzy of fireworks

Dawn of the sun

White snowflake In the Moonlight

Down like Aurora

Be sunk in contemplation

In soil

To the light

Is transformed into a ceramics live for eternity

나그네

— 스위스 몬트리우스 배 위에서

세상사 모든 시름
쪽빛 물결 따라
흘려보내며

청자빛 하늘
두둥실 구름타고
길 떠난 나그네

세속의 끈
뱃머리에 묶어놓고

천년의 혼을 빚던
도공 부부
세상구경 나왔네

오로라
— 도자기를 구우며

타닥 거리다가
이글 거리다가

검붉은 울음으로
삼켜버리다가

정적을 깨고
동녘의 일출이 되어

한 겨울 아침햇살에
눈 꽃을 피우더니

오색 무지개
오로라 되어서

고요히

선정에 들었다

자작나무

— 몽골에서

하얀 속살에
빨강 노랑 파랑
소원적은 헝겊

바람 불때마다
나무에서
춤을 추네

세상시름
다
들어주느라

얼마나 힘들었으면
서서
열반에 들었을까

시인의 숲

숲속
오솔길에 앉아
민들레 풀피리로
시인의 영혼을 노래했네

빛으로
큰 별
고루 밝히나니
내 작은
오두막
안온해 지누나

도라지꽃

— 세창 도예

귀머거리
장님
벙어리 세월
간절한 노래

귀 열리고
눈을 뜨며
벙그레 웃고

보랏빛 노을
하얀 마음에

넉넉한 가슴
되었으니
안기라 하네

도반

— 딸이 결혼할 때

피워낸
연꽃
삼천송이

하늘이
맺어준
축복의 인연

그리움 하나 되어
부부 되었네

가는 길목
길목마다

세상 맑힐

향기로

영원하소서

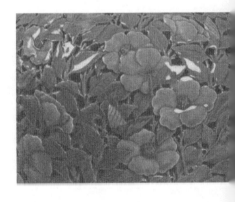

복수초

낮아 더 아름다운
그대는

눈 녹이고
잎 내민
열정의 꽃으로

하얀 마음에
눈맞춤하는
웃음보살

무심히 지나다
마주친 나에게
더 낮아지라고
나투셨지요

달 을 품 은 해

언젠가
언젠가는
만날거라던 언약
이루어지던 순간

누가 보거나 말거나
얼싸 안고
안타까운
짧은 입맞춤

쪽빛 바다
가없는 그림자로
눈부신 춤사위

頭頭物物
해와 달이 되었네

불두화

갈래갈래
가시밭길

고뇌
모여 모여

하얀 마음
해탈

버리고
비워서인가
벌 나비 오지 않네

향기 없는
향기의 경지

알게 되는
그 날

덩실 덩실
춤을 추리라

돌부처

— 경주 남산에서

시간이야
가든 오든

영원한 미소로
서있는
그대

세상 시름
다 들어주고도

행복해 하는
그 마음

코스모스

한들한들
가녀린 몸짓

흔들거리며
키운 사랑

소낙비에
눈물로
얼룩져도

손잡아
보듬은
뜻 같은 도반

바람에

흔들려도
꺾이지 않는 우정

구름

하늘을
떠도는 나그네

유람하다
비가 되었네

사뿐히
내려 앉아

나뭇잎
흘러가는 강물

모두
하나인데

본래로

돌아가면

무엇이었을까

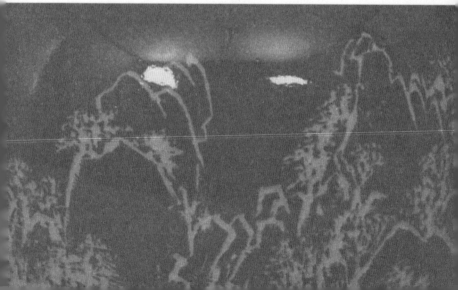

목련꽃 질 때

새로움
재촉할 때

미련 없이
보내야 하네

버리는 일
가르치느라

꽃비 되신 님
거룩하서라

우리

하늘 눈꽃은
땅의 눈물

멈추지 않고
흐르는 강물

나는 내가 아닌
너이기도 한데

산사 음악회

향기
어둠에 눕고

등 굽은
천 년 소나무는

가야금
한 자락

삼매에
들었는데

이 몸
어이할까나

연 꽃

황금 산실
차려놓고

사랑을
잉태 할 때

햇빛 한 줌 따라
벌 나비
마실 왔고

염화미소
맑히는 향기 속에
나투신 님

새벽 종소리

숲이
깨어나듯
내안에
눈멀고 귀먹은
영혼

간절한 여운
퍼지는 파랑
환한 미소로
해돋이
마중 했으면

물

잠시도 머무르지
않은 채 흘러가는

강물을 향한 냇물이
세월에 몸 맡기고

아슬타 순응하면서
바다를 꿈 꾼다

길

무작정 길을 찾아
산 넘고 물 건너 왔네

덤불속 가시밭길
아픔도 많았건만

이제는 볼 수 있으려나
진달래 숲 계곡 물소리

옷

굴레와 망상의 옷
겹겹이
걸치었네

구름이 지나간 자리
햇살에
알몸 되고파

본래로 빛나던 마음
언제쯤 만나려나

저녁 종소리

서산에 해 걸리면
영혼을 재우는 빛깔

검은 옷 입고 다가와
들떴던 마음 잠재우고

어디쯤 달려가
첫 새벽 마중할까

가마 속 도자기

하많은 영혼이
머물다간
몸뚱이

천년을
기다려
영원을 산다면

뜨거운
불길 속
오롯이 견디리

도공의 손

비색의 하늘 따라
꽃 피는 극락정토

세속의 굴레 벗고
구름너머 비상할 때

가없이 나래 짓더니
드디어 학이 되었네

영혼으로 빚은 시의 숲
— 따시최된*이순이의 시

채 수 영
시인 · 문학비평가 · 문학박사

1. 프롤로그 — 시의 표정

시는 곧 시인으로 통하는 길을 만들 때 시인의 삶을 나타내
는 체온계와 같다면, 순수와 진실을 나타내는 인간미와 상통
하게 된다. 물론 위장하고 꾸미는 일이 일시적인 가림막은 될
수 있지만 시의 표정은 이내 진실을 향한 목소리를 발성하게
된다. 때문에 시인의 삶은 시와 등가等價를 이루는 몫으로 가
치를 나타내게 될 때 비로소 완성의 길을 확보하게 된다. 다
시 말해서 시는 시인 자신의 표정과 심성 혹은 사상까지도 담

겨 있는 그릇일 때, 독자의 감성을 자극하는 역할을 수행하는 진실 앞에 나타날 수 있게 된다. 시와 감동이 이 점에서 시인의 전 생애와 조화를 이룩하는 역할을 갖게 된다면 시의 표정에서 건져 올리는 이미지는— 고달픈 인생의 역정歷程에서도 사랑과 꿈 그리고 희망의 메시지를 담아야 한다. 왜냐하면 시의 가치는 항상 긍정과 밝음 혹은 내일로 향하는 길을 안내할 때 비로소 진실과 만나는 조화를 달성할 수 있게 되기 때문이다. 이를 위해서는 온갖 비유의 의상을 입어야 하고 심사深思한 생각의 길을 위해 명상의 숲에서 불어오는 희로애락喜怒哀樂의 일상적인 감수성을 적절한 비유의 가치로 환산하는 재치 또한 있어야 한다. 때문에 시인은 때로 만능의 재능이 필요할 뿐만 아니라 때로는 한 가지 사물과 소통을 위해 오랜 나날을 염원으로 지새우는 노력— 비록 하나의 단어 혹은 적절한 어휘를 찾기 위해 참담한 노력을 경주傾注해야 한다. 즉 시인은 목표한 사물에 자기를 투영하고 때론 버리면서까지 정치精緻한 한마디 단어의 의미를 위해 기도하고 헌신하는 점에서 뛰어난 언어 탐험가로 자처해야만 한다. 방황과 헌신 그리고 일념으로의 정진이 있을 때 비로소 시의 문이 열리는 소망 앞에 설 수 있기 때문이다. 다음 시를 점검하면서 이순이의 정신 깊이로 여정을 재촉한다.

숲속
오솔길에 앉아
민들레 풀피리로
시인의 영혼을 노래했네
빛으로
큰 별
고루 밝히나니
내 작은
오두막
안온해 지누나

<시인의 숲>

　시는 시인의 영혼을 노래로 환치換置하는 의미에서는 따스한 집이고 꿈이 빛을 발하는 상상의 공간이지만 시인의 감수성에 의해 만들어지는 아름다운 성城이다. 이순이는 시와 시인을 등가等價로 상상하면서 '안온해 지는'의 평안함을 받는 인상을 준다. 다시 말해서 시詩로부터 스스로의 영혼에 물기를 공급하고, 꿈꾸는 땅을 이룩하고 싶은 소원의 집에 불을 켜는 인상을 준다.

　수필로 시작해서 시의 숲에 들어온 따시쵀된*(티베트어로 등불을 의미) 이순이는 싱그러운 언어 감각과 재치가 있어 그만의 특징을 갖고 있다. 특히 이순이의 시는 부담이 없는 언어 조립의 특색을 말할 수 있다. 왜냐하면 시의 난삽難澁함보다는 간명하면서 단순성에서 의미를 갖출 때 감동의 여진餘震을 남기는 방법— 긴 사설보다 짧은 언어가 폐부肺腑를 찌르는 방법은 시인이 추구하는 궁극이라면 이순이의 시는 여기에 위치한다.

두 번째의 특징은 진솔성이다. 시가 참된 진리를 위해 목적을 수단화하는 것은 시인의 삶에 순수성과 밀접함을 갖는다면 이순이의 시적 발상은 그의 심성과 연계를 갖고 나타난다. 왜냐하면 시는 결국 시인 자신을 나타내는 자화상 그리기의 발상이기 때문이다.

세 번째는 시와 종교를 분리하는 것이 아니라 하나로 통합된 일상을 살고 있다는 넉넉함이다. 흔히 종교심을 앞세우는 언어이기보다는 안으로 실천하는 태도는 오히려 광폭의 사상을 담는 큰 그릇으로의 감동을 줄 수 있다면 이순이는 그런 정서가 바탕을 이루고 있는 시로 대변할 수 있다. 사랑과 그리움 그리고 봄 의식이 주조를 이루면서 보시布施와 환생의 이미지가 교합하면서 그의 시적 표정은 안온하고 따스함이 특징으로 다가온다. 이제 확인의 길을 확보하기 위해 논지의 길을 출발한다.

2. 표정의 다양성을 만나면서

1) 재치와 자기표현

시가 재미를 부르는 대상이라면 이는 감수성이 재치才致로
나타날 때 흥미를 자극하게 될 것이다. 왜냐하면 시는 근엄謹
嚴만을 강조하는 것이 아니라 일상에서 웃음이나 다정한 정감
혹은 사랑을 위한 표현미가 따스한 손짓을 건네는 것 같은 미
소의 이미지일 때 부담감 없는 감정의 표현으로써 성숙한 삶
의 그림이 완성될 것이다. 한 편의 작품을 예거하면 이해의
길이 빠르게 다가올 것이다.

수줍은 얼굴
터질 듯
기쁜 마음
반가워
안으려 하니

주춤주춤
달아나며
하는 말

가슴

뛰는 날, 다시
만나자 하네

　　　　　　　　　　<첫눈>

　시가 부드러운 이유는 강인함보다는 오히려 여성적인 이미
지가 앞설 때 나타나는 정감이라면 한용운의 시는 여성적인
토운을 갖는다. 그의 인생길은 독립운동이나 불교개혁 등 남
성적인 강인함을 대표하지만 그의 시는 부드러운 여인의 목
소리와 같다. 이는 행동을 유발하는 마음에서는 따스하고 부
드럽고 안온한 성품이라는 진실과의 만남이라는 뜻이다. 이
순이의 시 또한 <첫눈>처럼 순수, 깨끗 그리고 투명함을 나
타내는 성품과의 대면이 된다. '가슴 뛰는 날'을 예비하기 위
해 행동을 소비하는 것이 아니라 저축하고 안으로 사랑을 담
는 이순이만의 삶의 길이 보이는 시적 뉘앙스라는 점이다.
'반가움'을 호들갑으로 나타내는 것이 아닌 내성적인 감성의
저축이 곧 이순이의 시적 특질과 연결되는 점이 된다.

　2) 사랑의 길

　사랑이라는 말에는 무한의 길이 들어있다. 모든 사람은 사
랑이라는 공간에서 삶의 에너지를 얻을 수 있고 또 사랑에서
인간으로의 성숙을 가질 수 있기 때문에 인간의 사랑은 곧 그

자신의 모든 생의 가치와 연결된다. 물론 사랑에는 이성적인 설렘이 있는가하면 모성적인 어머니의 사랑도 있다. 결국 종교의 사랑도 후자에 속할 때 사랑은 포용하는 따스함에서 위대한 에너지를 발산할 수 있는 부드러움이 특색일 것이다. 이는 헌신이면서 무한으로 온기를 보내는 대상과의 <하나 되기>일 때 사랑은 커다란 공간을 확보하게 된다.

어머니의 사랑은 종교의 사랑과 등가를 이룰 때 위대한 가치로 승화하게 된다. <탱자 울타리>, <동백꽃>, <수선화>, <해뜰 때는>, <손녀딸>, <안개길>, <상사화>, <봄>, <영산홍 사랑> 등 많은 작품에 사랑의 정서는 흐벅지게 넘친다. 이는 시인의 삶이 사랑으로 점철된 길을 걷고 있다는 의미가 될 것이다. 왜냐하면 시는 진실의 언어로 나타내는 표현미이기 때문이다.

느리게 더디게
머물렀던 새벽안개

사랑에 뜨거워
벗어버린 알몸

풍경을 앞세워
서있네

품속 열어
길 보여주기에

뒤도 돌아보지
말라했네

＜안개길＞

'알몸'이란 의미는 모든 것을 감춤이 없다는 뜻일 때 진실과 소통된다. 꾸미고 감추는 것이 아니고 순수와 더불어 진실과 만날 때 소통의 이미지는 다정함이 된다. 모든 종교가 사랑을 말하는 것도 소통에 중심이 있을 때라야 비로소 사랑의 진수는 서로를 이해하고 감싸는 따스함을 가질 수 있기 때문에 너와 내가 없는 공간을 사랑의 중심이라 일컫는다. '새벽안개'의 흐린 윤곽 속에서 미래를 예감하는 길이 열리는 암시일 때 어둠에서 환한 길을 예상하는 시인의 감성은 사랑이라는 궁극에 도달하기 위해 '품속 열어/길 보여주기'는 곧 시인의 시적 의도와 인간의 특성이 하나로 나타나는 사랑심인 것이다. 인간은 누구나 안개 속에서 밝은 내일을 위해 꿈꾸기 때문이다.

사랑은 누구나 갖기를 소망하는 이름이면서 그것은 때로 선택적인 의미를 가질 수 있을 것이다. 그러나 참된 사랑은 인류애의 보편성일 때 커다란 울림을 가질 수 있다면 다음의 예도 좋은 경구가 될 것이다.

Love gives peace on earth and, calms the stormy deep, who stills the winds and bids the sufferer sleep. <plato>

사랑은 사람에게는 평화, 바다에는 고요함을, 폭풍에는 휴식, 슬픔에는 잠을 준다.

  평화와 고요함과 휴식과 잠을 주는 사랑은 결국 인간이 추구하는 행복의 조건이면서 삶의 동력을 제공하는 에너지원인 셈이다. 단순히 쾌락을 위한 사랑이 아니라 인간 모두에게 소용되는 사랑은 인간을 가장 인간답게 하는 이름이 곧 사랑이라는 뜻일 때, 시는 이를 위해 헌신하는 노래를 합창해야 할 소명이 존재한다. 이 시인은 그런 소명에 담담하게 표출하는 정감의 모습이 아름답다.

수줍은
사랑으로

촘촘히 얽어맨
울타리

하얀꽃
향기는

어찌하여

벌 나비

넘보게 하는가

<탱자 울타리>

　사랑은 때로 위엄이 있을 때 향기가 나온다면 탱자울타리는 범접犯接하기 어려운 가시가 있다. 그러나 가시를 앞세운 장미도 그렇지만 향기가 있을 때 진정한 사랑의 이미지는 오래오래 기억의 탑을 쌓을 수 있을 것이다. 이 시인은 탱자의 이미지로 사랑의 고귀함을 위호衛護하는 울타리— 고난과 아픔을 감내하고 얻은 사랑은 항상 아름다운 향기를 지니는 것과 같을 것이다. 부부의 사랑이거나 고난을 넘어 사랑의 가족을 이루는 것 등, 사랑으로 이룬 풍경은 항상 아름답고 진한 향기를 가진다는 이미지의 탱자 울타리는 곧 향기를 간직하기 위해 가시를 앞에 놓은 진정성을 상징하는 이순이의 정신 표상인 셈이다.

　그리움과 사랑은 한 줄에 있는 또 다른 이름이라면 그 순서는 그리움이 먼저이거나 사랑이 그 다음일 수도 있을 것이다. 어떻든 그리움의 단계와 사랑은 쌍태아적인 상관이기 때문에 애절성을 담으려는 발상이 우선한다.

분홍 꿈 안겨주던
그대 너무 그리워라

스치는 바람에게
소식을 물어보니

언제나 함께 했다며
갸우뚱
갸우뚱

<낭만을 찾아>

    그대라는 미지의 대상 앞에 소식을 묻는 형태의 시조— '분홍 꿈'을 꾸게 했던 대상 앞에 사랑을 확인하고 싶은 마음은 누구나의 발문發問이지만 항상 알까 혹은 모를까라는 의문이 일어날 때 애절성은 더욱 고조된다. 이런 그리움은 대상을 향해 소식을 보내고 싶은 뜻이 전령사인 바람에게 물어보는 형태를 취하면서, 확인서를 받아오기를 요구하는 뜻이 내포된다. 그러나 묻는 시인의 초조와는 달리 '언제나 함께 했다며'의 쉬운 대답 앞에 낭만의 깃발은 아름다움을 전달하는 모습이 된다. 이는 감춤이 없고 순수함일 때 만나게 되는 사람의 평안한 느낌을 전달하는 시적인 뉘앙스인 셈이다. 이순이의 시에서 그리움과 사랑은 한 집안에 있는 미소이면서 사랑에 이르는 따스한 집과 같은 셈이다.

3) 봄 의식 그리고 동화

봄은 만물의 소생을 암시하는 점에서는 사계절의 순환—시의 형식은 우주적인 형식과 유사하다는 이론은 Northrop Frye의 말이다. 일 년의 주기로 봄, 여름, 가을, 겨울이 있고 하루로는 아침, 오후, 저녁, 밤이라면 물의 주기도 비, 샘, 강, 바다(눈)와 삶의 형태도 청년, 장년, 노년, 죽음 등이 주기적인 순환을 이룰 때 불가佛家의 연기론緣起論에 담긴다. 시의 세계도 탄생과 죽음, 재생이라는 반복이 계속될 때 인간은 그 사이를 지나는 나그네에 불과한 존재— 수유須臾의 삶을 살아가는 허무의 노래가 된다. 봄은 탄생이고 시작이라면 어둠에서 싹이 나오는 환희는 시의 궤도와 같을 때 시는 우주론의 대칭적 Symmetrical인 신화로 수용된다.

이순이의 시에는 봄, 여름, 가을, 겨울이 들어있지만 유난히 봄 의식이 더욱 승勝한 것은 그의 사고 속에 담겨진 모성적인 본능과 같은 생각이 시로 표출表出된 것이다.

　　햇살
　　사~알~짝

　　화들짝
　　놀란 얼굴들

어디에
숨을까

혼비백산
뛰어 다니네

<봄>

'화들짝/놀란 얼굴들'과 대칭을 이루는 상상인 '혼비백산/
뛰어 다니네'의 상관은 매우 재치가 있고 감각적인 표현이다.
'얼굴들'은 새싹일 것이고 '혼비백산/뛰어 다니네'는 푸른 잎
들이 다투어 피어나는 분주함을 연상하면 재미와 재치가 어
울리는 뉘앙스에서 신선감을 감지하기 때문에 봄날의 풍경화
는 푸른 의상을 걸친 낙원이 연상된다. 특히 '혼비백산'의 감
각적인 시어에서 회화繪畵적이고 동적 이미지와 어울리는 '숨
을까'의 앙증스러움이 봄날의 이미지와 선명함을 가져왔다.
<수선화>, <봄 찾는 마음>, <사월은>, <봄이 오는 소리>,
<봄눈>, <복수초>, <봄날은>, <봄>, <할미꽃>, <목련꽃
질 때> 등은 봄의 시심詩心을 자극하는 약동의 이름들이 시인
의 정신 바탕을 이루는 시들이다.

두꺼운 껍질로
기다리는 꽃봉오리

한 아름 안고
봄 찾아 가는 길

초록 파도로
일렁이는 청보리
도란도란
나물 캐는 아낙들

저 만치서 손짓하는
봄이 보이네
꿈들이 보이네

<봄 찾는 마음 1>에서

　봄은 어떻게 오는가? 이는 자연의 숨소리이고 인연이 인연을 낳은 도정途程의 일부분일 것이다. 설명으로는 이해가 안되는 이치이고 또 설명으로 이해할 수도 없는 섭리의 일환일때 순리로 받아들이는 긍정일 뿐이다. 주역周易에서 天行健君子以自彊不息(하늘의 운행은 굳건한 법이다 때문에 군자는 자강불식한다)의 의미— 모든 운행이 인간이 간섭할 수 없는 순리라는뜻이고 공자도 余欲無言(나는 말없고자 한다)에서 서양의 문화나종교가 간섭하는 것과는 다른 동양 사상의 의미를 설파했다.소크라테스가 지적(과학)으로 단정할 수 없을 때는 다이모니온Daimonion의 내면에 귀를 기울인 것은 숙명적인 인간의 한계

를 상징한다. 찾아가는 이미지는 인간의 조급한 소행이고 찾아온다는 자연의 이치를 따르는 것이라면 이순이는 봄을 찾아가는 조급함을 보게 된다. 이는 청보리 일렁이는 초록파도의 언덕에서 '도란도란', '나물 캐는 아낙들'에서 인간의 화목한 정경에 도달하고 싶은 시인의 마음속 풍경화가 연출된 것이다.

<폭포>, <바람>, <꿈>, <솔바람 차>, <꿈> 등은 대상과 시인이 동화를 이루고 싶은 의도가 나타난다. 이는 인간과 자연 혹은 대상과 대상이 하나로 통합되는 것이고 우주와 인간 혹은 종교의 절대자와 인간이 합일하려는 발심發心일 때 승화昇華의 의미를 간직하게 된다. 이는 대상과 대상이 하나로 통합되면 제3의 세계가 열리는 시적 의미인 셈이다. 사실 시는 대상에 표현의 옷을 입혀 전혀 다른 이미지로 나타내는 예술이기 때문이다.

허허 초원
바람이 말을 걸어옵니다
힘들고 피곤하더라도
기댈 데라고는 없는
작은 풀꽃들을 보라고
귀뜸을 합니다
흔들릴 때마다 향기로

맑음을 만들며
푸른 그리움일랑
가만히 내버려두라고 하는데
어쩌나요
휩쓸려 흔들리고 싶은 것을

<바람 — 몽골에서>

　시의 시작— '허허'부터 '감탄'이거나 '허허롭다'이거나 '허무'와 같다는 3중의 의미를 중첩하면서 초원의 넓음에 스스로의 작음과 대칭을 이루는 암시를 갖는다. 바람이 말을 걸어오는 자연과 인간의 합일이 이루어지고 이로부터 작은 풀꽃에 시선을 고정하면서 위안의 기쁨을 발견하는 또 다른 향기香氣로 호위되는 시심詩心은 고귀함으로 나타난다. 그러나 푸른 그리움이 향기 있는 자연의 풀꽃과 어울려 하나로 통합되는 흥겨움이 '어쩌나요'의 탄성이 일체화된 정서로 시의 깊이를 감각화시킨다. 꽃과 바람 그리고 향기로의 승화는 지상에서 천상으로 상승하는 이미지의 연상효과가 깊은 울림을 자극하는 것도 시인의 밝고 순수한 마음의 향기와 어울리는 조화의 미美인 셈이다. <꿈>에서는 자연과의 동화를, <바람>은 대상과 대상을 연결해주는 중간자를 통해 동화의 역할을, <솔바람 차>에서는 대상과 대상이 차를 매개로 하나가 되는 연상이 시인의 품성을 연결시켜주는 이미지인 셈이다. 시의

특성은 대상을 하나로 연결하는 일체화identity— 천의무봉天衣
無縫의 방법으로 시적 특징을 담는 일은 영원한 진리가 된다.

4) 피안彼岸과 보시布施 그리고 무상

시는 인간사의 모든 일들을 담고 표현하는 점에서 광범위한
포괄성을 갖는다. 천자문도 4언 250구의 시 — 우주의 특징에
서 인간의 모든 일들을 담고 있는 한 편의 시라는 점이다. 심
지어 종교의 문제도 시라는 그릇에 담겨질 때 호소력을 갖는
것은 시의 특성이 인간의 가슴을 울리는 가락에 있음일 것이
다. '여호와여 정직함을 들으소서 나의 부르짖음에 주의하소
서 거짓되지 않는 입술에서 나오는 내 기도에 귀를 기울이소
서'<구약시편 제17편 다윗의 기도>는 신을 향한 인간의 진
실한 호소일 때 이 기도는 곧 나의 정갈함을 전제로 신에 호소
하는 형태를 갖는다. 인간은 신에 기도를 올리는 것은 곧 신
과 인간의 교감 속에서 자기 구원에의 위로를 받아야함을 호
소하는 절차라면 시는 이런 때 가장 적절한 형태가 된다. 이
는 우리의 고대 제천祭天의식인 영고迎鼓나 동맹東盟 무천舞天
의 제사 형태도 인간이 신을 향한 기도의 목록이었다면 시는
가장 오랜 역사를 가진 호소의 숨소리일 것이다. 인간이 있는
이곳此岸에서 구원의 땅, 저곳彼岸에 도달하고 싶은 낙원의 개
념과 가까울 것이다. <마음의 호수>와 <새벽 종소리> 그리

고 <마음의 고향> 등은 시인의 마음이 도달하고 싶어 하는 공간으로의 이미지가 된다.

멀어지고
멀어지다
다가오는
그리움의 향기

갈 길 몰라
헤매이던
내 작은
영혼

간절한 울림
따라가면
꿈에도 그리던
그곳일까

<암자의 종소리>

'그곳'은 그리움의 향기가 있는 곳— 그리고 거기에 이르기 위해 길 몰라 헤매는 일로 방황을 거치는 단계를 지나 떠도는 영혼의 길에서 마침내 향기를 따라가면— 이는 깊은 신심信心이라는 뜻에 가깝다.— 꿈에도 그리는 그곳, 피안의 언덕에

도달하는 행복을 가질 수 있게 된다. 물론 향기를 맡을 수 있는 깊음에 신심의 정성이 있어야 하는 조건의 합치가 이룩되기 위해서는 무한의 방랑을 견뎌야 하고 또 고난의 길을 터벅이는 나그네가 되어야만 향기는 스치듯 다가오는 이름일 것이다. 차안에서 피안의 길에 향기는 현세를 얼마나 믿음 깊게 그리고 사랑의 마음으로 사는가의 여부가 관건일 때 곧 현실을 얼마나 정직함으로 사는가의 여부가 향기의 소식과 대면하는 조건일 수 있다면 이순이는 그런 도피안到彼岸을 향한 믿음의 토대가 상징으로 승화하는 느낌을 주는 <암자의 종소리>가 된다.

보시布施는 순정純正한 마음이다. 다시 말해서 베푸는 자施者나 받는 자受者나 베푸는 내용이 되는 재물施物도 모든 것이 공空한 것이어서 어떤 것에도 집착함이 없어야 한다는 삼륜청정三輪淸淨이나 삼륜체공三輪體空의 조건이 있어야 함— 베푸는 물건에 기준이 아닌 마음이라는 강조점을 두는 행위이다. 일종의 헌신이고 조건 없는 Agape의 행위일 때 종소리가 세상을 향해 아름다움으로 베푸는 것과 다름이 없는 일이다.

낮아 더 아름다운
그대는

눈 녹이고

잎 내민
열정의 꽃으로

하얀 마음에
눈맞춤하는
웃음보살

무심히 지나다
마주친 나에게
더 낮아지라고
나투셨지요

〈복수초〉

　세상에서 가장 귀중한 것이 마음이다. 그리고 정갈한 마음을 주는 일이야말로 소중함을 주는 행위라면 이 보시布施는 고귀함의 진수眞髓일 것이다. 이순이는 그런 마음으로 사물을 대면하는 행위 때문에 흥겹고, 친절하고, 다감함을 간직하는 일상을 사는 것 같다. 내 것을 위해 계산하는 것이 아니라 주는 마음이 앞장설 때 낙원의 흥겨움은 결국 자기로 돌아가는 부메랑의 행복이 된다는 증거가 된다. 따지고, 싸우고, 피 흘리는 아수라阿修羅가 아니라 낮추고 더 낮추는 '하얀 마음'에서 웃음보살은 곧 시인 자신으로 의미가 돌아간다.

　허무는 본질이다. 불교는 본디 무상을 말하면서 사는 일은 고해라 칭한다. 이는 불가만의 진리가 아니라 살았던 선인들 모두가 그런 말로 정리된 뜻이다. 물物의 실체가 없는 것인 허무는 무위자연無爲自然의 본질을 노자老子는 그의 도체道體로 삼았다. 공空으로 돌아가기 때문에 저마다의 자리가 생긴다면 이 또한 질서의 개념에 포괄되는 바 인간이 배워야 할 덕목일 것이다. 사물이나 마음은 생멸生滅 변화變化하면서 상주常住하는 모양이 없는 anitya의 세계는 우주만상의 본질이고 순간을 지나는 인간 또한 이런 질서에서 벗어나는 존재가 아니다.

> 가을 안고 온
> 하늘의
> 헌화
>
> 비우고
> 또 비워서
> 빈 몸으로
> 웃는
> 그대
>
> <은행나무>

　산뜻하고 깨끗한 풍경화의 소품이다. 하늘에 바치는 '헌화'와 '비우고 비워서' 마침내 빈 몸으로 웃는 '그대'에 이르면 의미의 중첩이 주는 무게는 시의 품위를 갖게 한다. 비우고 비

워서 마침내 만나게 되는 그대 앞에 이르기 위해서는 비움이
곧 채움이 된다는 시적 역설을 비유로 처리된다. 공空이지만
공이 아닐 때 순환의 이론은 무상이 곧 유상이고 유상이 다시
무상이 반복되는 질서 속에 인간은 다만 존재 그 자체를 이끌
고 가는 상징이 될 때 화려한 시적 상징의 숲을 이루는 암시
가 된다.

5) 환생 그리고 부부

이순이의 시를 읽으면 절로 흥겨워진다. 이는 정서감염의
이론으로 따지면 파도가 밀려오면 그 파도에 동화되는 일체
화의 뜻이 겹쳐진다. 특히 <부부>라는 시를 읽으면 '하나 되
기'의 표정이 바라보인다. 둘이 하나가 되는 일은 지난至難한
조건의 강을 지나야 한다. 왜냐하면 남남의 생활에서 같은 공
간에의 하나로 통합되는 일이 쉬운 일이 아니기 때문이다. 마
음과 마음이 맞아야 하고 이 조건이 합치되면 이상과 목표에
접근하는 뜻이 다르면 삐걱거리는 공간이 불행을 자초하는
일도 되기 때문이다. 낮추고, 비우고, 맞춰서 합심이 된다 해
도 때로는 위기가 닥칠 수 있기에 합심合心의 뜻이 되어야만
화목한 가정은 의미를 가질 수 있게 된다. 합심은 결국 조화
에 이를 때 도달하게 되는 가정— 부부인 것이다.

타들어가는 목마름
하늘을 가르는
천둥 번개

여울목에
부서져
흘러가는 강물

비우고
비워서
하나 되는
푸른 바다

<부부> 중

　5연 중 3~5연이다. 어려움의 천둥 번개를 만나 이를 피하고
때로는 물살에 부서지는 아픔 그리고 다가온 시련의 산을 넘
어야만— 이 조건을 충족시키는 것은 '비우고/ 비워서'가 될
때 비로소 '하나 되는/푸른 바다'에 도달하는 모습을 만난다.
비우고 비우는 일이야말로 서로를 낮추는 일이고 합하기 위
한 첩경捷徑이라면 이를 실천하는 일은 서로를 알고 서로를 향
한 노래를 합창할 때 비로소 하모니의 경지에 이를 수 있는 행
복한 가정에의 부부로 변모될 것이다. 이순이는 그런 가정의
임무를 다하기 위해 낮추는 일이 비법으로 이해된다.

도자기는 흙에서 새로운 창조물을 만드는 작업— 지천至賤으로 널려있는 흙에서 고귀한 생명으로 탄생하는 작품을 만나는 일은 정성으로의 일념이 있어야 한다. 흙과 불과 정성의 3박자가 어울릴 때라야 생명의 환희는 탄생된다는 뜻이다.

　　　비색의 하늘 따라
　　　꽃 피는 극락정토

　　　세속의 굴레 벗고
　　　구름너머 비상할 때
　　　드디어 학이 되었네

　　　　　　　　　　　<도공의 손(시조)>

　고려 시대의 청자라 말한다. 왜, 비취색, 짙은 녹색과 유사한 Cyan의 색으로 도자기를 만들었을까? 이는 고려 시대의 고달프고 어려운 무명도공의 신산辛酸한 삶을 위로받기 위해 하늘색(비취)은 위안의 도피처이기에 청자 도자기에 그림으로 그렸던 꿈의 세계이었다. 다시 말해서 현세의 고달픔을 벗어나 내세에 이르고자 하는 극락정토의 꿈의 색이 곧 비취색과 유사한 하늘의 이미지였다. 인간은 억울하거나 답답하면 하늘을 보는 것도 이런 관습에서 나온 유래이다. '구름 너머'나 '극락정토'에 이르기 위해 '학'은 시인의 꿈을 옮겨주는 상상의

결정체로 작용한다. <흙에서 빛으로>나 <청자>, <청자의 얼굴>, <가마 속 도자기> 등은 단순히 흙에서 빚는 도자기가 아니라 흙과 불 그리고 무아경의 정성精誠이 합하여 영혼靈魂을 탄생시키는 창조주의 임무에 헌신하는 모습을 눈여기게 된다.

    황금빛 몸
    곱게 뉘이고

    넋까지 불살라
    푸른 이불 덮었나

    봄 아지랑이
    피어오르는 길목에
    바람소리 들리는 숲

    나래로 비상하는
    학 한 마리
    비색 청자
                    <청자의 비상(飛翔)>

  불로 탄생하는 도자기의 운명은 도공의 마음에서— 오로지 마음이라야 한다. 창조의 숨소리를 불어넣을 때 비로소 찬란

한 생명의 학鶴이 하늘을 날게 된다. 단순히 그림 속에 들어 있는 학이 아니라 바람소리를 가르는 생명의 학이 될 때, 솔거가 그린 소나무에 새들조차 부딪혀 떨어지는 전율戰慄의 영혼을 만나게 될 것이다. 작품은 머리나 손으로 빚는 것이 아니라 무념무상의 영혼의 가장 순수함을 골라 불태울 때 흙에서 탄생되는 작품은 또 다른 생명체로 영원을 누리는 이름이 될 수 있을 것이다. 이순이의 부군 김세용 명장은 그런 인품의 소유자— 그의 곁에서 함께한 시인의 호흡은 항상 엄숙하고 진지함을 시로 환생하는 길이 도자기와 시가 다름이 아니라는 일치점을 시사示唆하고 있다.

3. 영혼을 불로 태우는 시 — 에필로그

시는 단순한 감정의 유로가 아니다. 이미지와 이미지의 교접과 결합에서 또 다른 생명을 잉태하는 점에서 시인은 창조라는 이름을 헌사獻詞한다. 다시 말해서 영혼의 승화昇華에서 나오는 가락은 생명으로 소생하는 꿈의 이름이면서 독자에게는 기쁨과 행복을 주는 작품인 것이다. 이순이의 시는 사랑의 마음을 바탕으로 시로詩路를 개척하면서 그리움의 정서가 남다른 영지領地를 개척하는 특성이 있다,

아울러 재치와 감각적인 언어의 묘미는 비유의 의상을 입

고 나울거리는 춤을 추는 것 같은 흥겨움이 발동될 때 흥興의 춤사위를 일렁이게 한다. 이는 봄 의식으로 승화될 때 생명의 소중한 만남이 푸르게 연출되는 풍경화가 아름답다.

이순이의 정서는 불가적인 정서의 바탕을 가지고 있어 순리와 긍정의 공간을 왕래하는 특성이 대부분이라면 동양적인 정서의 숲에 부는 그으함과 유현미를 수반하는 특징과 만나게 된다. 그의 정신에는 보시布施의 마음이 우선일 때 서구의 아가페와 맞잡고 통합의 사랑을 내포하는 시가 기저基底를 이룬다.

도자기 또한 단순한 환가換價적인 의미로 대면하는 것이 아니라 영혼을 불태우면서 정신의 마지막까지를 소진消盡하면서 궁극에서 만나는 상징일 때 학이나 용의 비상飛翔은 극락정토를 지향하는 시심詩心과 일체화를 이루고 있다. 도자기는 시로 시는 도자기의 생명으로 탄생하는 비법은 헌신이고 열정이 모두인 것 같은 공통점이 보인다.

따시최된 이순이의 시는 고요하고 유연幽然한 숲에서 불어오는 훈풍이면서 미래를 향한 호소가 울림으로 정리되는 시인 — 이순이의 시는 그렇다.**